歌集

明星探求

逸見久美

田中精機にて（昭和20年3月10日）。著者、中段左から8番目。
青山学院専門部の時で学徒動員の作業の日、この撮影のあと東京大空襲が起こる。

晩年の父、翁久允。書斎にて。

茶室での在りし日の夫、逸見俊吾。

『鉄幹晶子全集』本文篇（全31巻）完結。著者、前列右から二人目。
（勉誠出版にて・平成22年）

目次

研究への道　9

青林書院　45

カバー・著者画「大原女」

明星探求

研究への道

若き日の二人の往復書簡・『天眠文庫蔵　与謝野寛晶子書簡集』（昭58・6刊）・『与謝野寛晶子書簡集成』全四巻（平14・10～15・7刊）

悲喜の情を「歌」は飾りて表せりされど「書簡」は真実の声

研究のための資料になり得ると「書簡」集めし日々の懐かし

第一の「書簡」は語る粟田山ふたりの青春永久に麗し

粟田山めぐる「書簡」の十通は今に残れりこよなく貴し

その後は二人を生涯支へたる天眠宛ての「書簡」集めし

この「書簡」四百五十九通は「天眠文庫」の「書簡集」と成る
十七年月々かよひ書写せしは「秘宝の書簡」と遺族の言葉
さらにまた二千余通の「書簡」みな目を通したるわが半世紀

年ごとに二人の「書簡」求めたり二千余通は全国めぐり

未知の地をえにしによりて辿り行く「書簡」探しに余念なかりき

全国に散らばる御弟子らその遺族両師を誇る思ひの深し

妻思ひ渡欧勧むる愛深し寛の「書簡」今に残れり

書簡集完成間近にたゆたへりその苛立ちは自らのもの

五十年の『書簡集成』遂に成る寛・晶子の心の軌跡

わが著書は「書簡めぐれる考察」と風間書房のこよなき刊行

『評伝　与謝野鉄幹晶子』（明43年まで　昭50・4刊）・『新版 評伝 与謝野寛晶子』（明治篇・大正篇・昭和篇　平19・8〜24・8刊）

この頃はいづれの時も想ひ居る果てなく続く研究への道

重き本よろめきながら取りて見るいつまでゆかば尽きるや学び

疲れゐて倒るるがごと床に臥す「評伝」成すまで脳は保つや

われ想ふ生涯かけし研究の終りのなきを極めむとす

「評伝」の論の展開ゆきづまり迷ひ迷ひてふと目覚めたり

懸案の論はいつしか生き物のごとくに暴れ我を苛む

訂正を重ねてまたも赤ペンは走るがごとし稿を左右に

持ち時間おもひのままに使ひ得る身の幸せに気は奮ひ立つ

目覚むれば夜中なれども稿を打つ「評伝」成すまで我を鞭打つ

眠ければ顔を洗へり稿はまた我を呼ぶなり精霊のごと

「評伝」のパソコン原稿打ちながら時計の針は脳《なづき》を巡る

日を刻み時を刻みて励み来し「評伝」いつしか我と一体

「評伝」の稿打つ日々は両肩に激痛走るされど進まむ

振り向けば目まひに襲はれ身を寄する本棚に見る「晶子」の文字を

「評伝」の完成祈りふと思ふ加齢恐ろしおのれを恃《たの》む

「旧版」は三十年《みそとせ》前に仕上げしをその後《ご》の挑戦「新版」完成へ

「新評伝」すべて書き終へほつとせり来し方浮かぶ我の生きざま

夢に見し寛晶子の後追ひて辿る道筋いつしか迷ひぬ

地にありて才認め合ふ二人なり天翔りても共に歌はむ

妻おもふ寛は優しその非凡みとめて歌ふ「天才晶子」を

受賞あり「国際文化表現学会」三島の富士は我《あ》を祝《ほ》ぐやうに

祝《ほ》ぎ雲は三島駅頭の富士の上ゆつくり流れ受賞嚙みしむ

「貫け」と励ます亡夫《つま》の声聞こゆ「評伝」仕上げ想ひ静もる

「評伝」の資料積み上げ五十年《いそとせ》の探求かさねし日々の重さよ

執筆に非人情うれし独り身は寛・晶子の世界に浸る

『定本　与謝野晶子全集』二十巻（昭54・11〜56・4刊）・『鉄幹晶子全集』四十巻（平13・12〜令2・12刊）

書冊持ちて館にゆきしは全集のためなりしかと過ぎし日おもふ

三十年《みそとせ》に集めし資料ことごとに使ふ歓び「晶子全集」

マイクロに写る資料に見入りたる時を忘れし幾日を思ふ

言ひたきを抑へかねつもひたむきに編みし「全集」の成れる日来たる

晶子のみ採り上げ鉄幹おきざりの「晶子研究」如何にせむかと

寛にし言及せざらば完璧な「晶子研究」不可能なりと

右のこと精魂こめて書き上げし「旧評伝」の後の感慨

「旧評伝」の資料はすべて「晶子全集」に生かして刊行、講談社より

そのはじめ寛、晶子の全集の出版希望は容れられざりき
二十巻の「晶子全集」終へし後「寛全集」熱望せしも
念願の「寛全集」出版は何れの書肆も顧みざりき

三十年《みそとせ》を経て介されし書肆ありて「全集」頼まれ心ときめく

早速に「寛全集」頼みしを池島社長は「二人の全集」

「二人」とは鉄幹晶子の「全集」とさりげなき言葉重く受け止む

夢のごと『鉄幹晶子全集』と名づけし社長の声に合掌

全集の着手は平成十三年いま三十六巻、終り四十巻

「全集」の拾遺は別巻、一巻は詩、二巻は短歌、三巻散文

その続き補遺のいくつと年譜書誌全四十巻の完成果たさむ

「全集」の今は本文三十二巻、十年かけし星霜よぎる

今はただ編輯員の協力を恃《たの》みに完結ひたすら祈る

「全集」の着手と共に発病の夫は九ケ月後、帰らぬ人に

今年はや十三回忌迎ふるを「全集」共に歩み続けむ

「評伝」と重なりつつも「全集」は急ぎ来れど前途遼遠

「全集」は不況のさなか突き進む勉誠出版弛《たゆ》まぬ協力

「全集」を助けてくれし人々を思ひ浮かべて一人微笑む

高齢の身に完結を祈願せり何れの神か、わが亡夫《つま》なりや

稀有なるは夫婦の「全集」史上には二つとなきを誇れる喜び

全世界、夫婦の「全集」なしと聞く勉誠社員の検索なれば

「全集」を完結せねばと祈りゐる我に囁くもう一人の我

半世紀わが集め来し資料いま生かす「全集」輝きあれと

拾遺篇の散文抜きて年譜書誌入れて完結と社の指令あり

二十年経ての全集完結は散文抜きとは余りに残酷

あ、悔し未完のままの完結は散文抜きで終へてよきかと

出版の不況のさなか続け来し社への感謝は無念に終はる

万難を排して全集完結を目指せし日々も悲涙となりて

拾遺歌は大正昭和で一冊が五冊となりて二万七千首

完璧な全集刊行の熱願も出版不況の世ゆゑと悔やむ

思案後に書誌眺めゐて連載の多きに気付き資料の探索

連載の長短さまざま年ごとに散文並べて始めたりしが

余りにも散文多きに連載のみと決めるがよきかと不安の募る

「散文」はわが青林《せいりん》書院の刊行と決めしが危ふしコロナのせゐか

若きより「評伝」「全集」「書簡集」極め続けし我のうつし世

全世界コロナの故に「全集」の完結憂ふいづこに居ても

いづこにもコロナコロナの声聞こゆ撲滅の日の有りや無しやと

九冊の二人の「歌集（詩歌集）全釈」（昭53・6〜平20・5刊）を憶ふ

九冊の寛・晶子の歌集をば全釈せしをしみじみ憶ふ

『みだれ髪』全釈二回、一度目は千人越ゆる聴講生ら満つ

マイクにて講ずれど声消ゆるまで学生溢るる階段教室

この頃は高度成長の波に乗り売れ行き上昇、然れど不満

再びの『新みだれ髪全釈』に精魂こむれど出版不況

寛作の『鴉と雨』の全釈は差別語ありとて「抄評釈」へ

八年《やとせ》経て差別語解除し「全釈」を再度試み完成させたり

続けての歌集全釈年ごとに先づ鉄幹の『紫全釈』

『紫』は晶子との恋「日の本の歌」の出発と懐かしみをり (30)

鉄幹と晶子のえにし『紫』の歌は心に刻み込まれつ

六年を『紫』歌集抱へゐしわが影浮かぶ全釈成りし今

『小扇』は『みだれ髪』に次ぐ激しさよ「君が指おちて」と詠ひし晶子 (61)

『夢之華』は妬む心を多く詠む晶子の胸に「はためくほのほ」(127)

『舞姫』は登美子からませ更にまた「二人が恋ふ」と歌ひし晶子 (37)

『恋衣』は三人《みたり》の女《をみな》の「詩歌集」、新しき道求めてやまじ

年ごとに変はる晶子の心情を探る楽しさくり返し読む

生涯を恋歌《こひうた》詠みし晶子なり青春の血潮絶ゆることなし

（註）歌の左下の数字は『鉄幹晶子全集』による各歌集の歌番号を示す

青林書院

青林書院六十周年（1953〜2013）を迎へて　平成二十五年

金婚式《きんこん》を待たずに逝きし君のあと「青林書院」を吾子が守れり

法律の出版ひと筋四十八年君が育てし「青林書院」

遥かなる六十周年「青林書院《せいりん》」の来し方いよよ蘇る今

六十周年老舗《しにせ》に近き「青林書院《せいりん》」の栄ある今日を社員らに謝す

熱心に稿を頼みし君のこゑ昨日のごとく耳にこだます

顧みれば五十周年を待たずして君逝きたるはただただ悲し

青林書院《せいりん》と子の慎一の名付け親、安倍能成先生のご恩忘れじ

出版人の功労讃ふる合祀祭、栄誉の一人に亡夫《つま》の名ありき

晩年は茶道に励む君なりき骨董を見る笑顔ゆかしき

出版と茶道に心を寄せし日の上洛の朝、君は輝く

「青林書院《せいりん》」は法律ひと筋六十年小社ながらも名高き執筆陣

「青林書院《せいりん》」にロングセラーの本ありて浮沈激しき業界生き抜く

亡き夫と共に過ごせし「青林書院」の六十年の星霜憶ふ

子を育て夫見送りし我はいま過ぎにし日々を静かに偲ぶ

亡夫とわが父の回忌を偲ぶ

亡夫の七回忌——平成二十年一月十七日に慎一らと能登の加賀屋一泊、翌十八日の忌日に富山の亡夫の実家等源寺で法要、その夜金沢の「つば甚」に茶人仲間三人加はり想ひ出を語り合ひ、美食を共にし、翌日金沢見物して帰京。

夕暮れの能登半島はくろぐろと海に黄金のかげ落とし行く

残雪は白花のごと木に懸かり煌《きらめ》き返す夕映え華やか

能登の海うす墨色に暮れてゆく微かに夕陽の名残り止めて

能登の海一線なして動かざる岸辺は細きさざ波寄せて

七回忌経読む甥を愛《いつくし》みし亡夫《つま》のおもかげ静かに御堂に

寒の日に亡夫《つま》七回忌六人の回想尽きず「つば甚」の夜

毎月のわが家の茶会楽しみし亡夫《つま》との思ひ出それぞれ胸に

茶の友と語る楽しさ亡夫《つま》の顔みなとの点前《てまへ》至福に過ぎし

わが父翁久允の三十七《みそなな》回忌に　平成二十一年二月十四日

今日はわが父の命日忽然と逝きしを偲ぶ三十七回忌

わが父の往相回向高野山へお布施送りし今日は穏やか

逝きしあと父の遺筆に見出せるアメリカ移民の悲しきさまを

百年前、単身渡米十八年移民地文芸にかけしわが父

子と共に亡夫《つま》の墓参日たまさかに父の忌日に重なる嬉し

母逝きて二十三年目、父逝きし今日の忌日は三人《みたり》に合掌

さまざまな父の遺筆を辿りゐて若き日偲ぶアメリカ生活

数々の移民地文芸に現れし父のおもかげ若さ溢るる

「評伝」と「全集」ほかに移民地に残せし父の遺稿を仕上げん

父母《ちちはは》の遺訓守りて健やかに在る身を喜び謝する毎日

亡夫の十三回忌を迎へて　平成二十七年一月十八日

週末の子との墓参は青林《せいりん》書院と子の運転の無事を切願

十三年蔭より我を見守りし君の在《いま》せる世は安らけし

花を捧げ祈れば君に会ふごとし朝のひと時心さやけし

十三年花も嵐も過ぎ去れど昨日の如く君に寄り添ふ

青林書院《せいりん》の六十周年に引き続き十三回忌を子と迎へたり

「視床《ししやう》」てふ脳の危ふき出血も君が情の救ひにあづかる

君の手に我の難事は救はれぬこの幸せを頼りに生きむ

君逝きて十三年を「書簡集」「評伝」「全集」に打ち込みしかな

君は常に精力的に働きぬ苦境のときも笑顔絶やさず

「よく遊びよく働きし君なり」と友は合掌、佛の前に

幅ひろく友を選びて交はりし君の世過ぎを寿《ことほ》ぐ我は

しみじみと四十八年顧みる君との苦楽分ちし日々を

かの世より君の御声の流れくる思ひに佇むせせらぎの月

かの世より漏れ来る悲曲を思はせぬ夜半にわが聴く雨垂れの音

戦争回顧

戦闘帽外して休む時もなし暗き工場の旋盤、ミーリング

夜泊まりは学徒動員隔日に終業零時寝不足続く

枕許に靴置きオーバー着たるまま空襲警報鳴れば飛び出す

「お母さん、怖い、怖い」と震へつつ警報聞けば防空壕へ

高梁《かうりやん》に一汁一菜の工場食栄養不足は尋常ならず

「源氏」講義防空壕の暗きなか明日知らぬ身の耳さとくして

土砂降りのなか泣きながら防空壕へ敵機来襲夜ごと起こされ

雨の中学徒出陣を見送りぬ君のみ姿探してゐたり

必勝を信ぜるままに散華せし特攻君への憶ひ遥かに

特攻の別れを空より父母へ君の記録を我いまも持つ

機もろとも火だるまになり果てたりと君の友より打ち明けられき

神風を信じて君は死に給ふ春の日差しを見上げつつ偲ぶ

亡夫の姪の悲しき急死

平成二十一年

機の窓の立山連峰に涙せり姪の急死は受け容れられず

敬子なぜ死を選びしか汝《な》の病留まらざりしかただに悔しき

唐突の悲報にをののき言葉なしなぜなぜ我に問ふも空しき

忍び寄る鬱病の罠気付かずに愛《いと》しき姪を愛して来たり

優しくておつとりもの言ふ敬子なり病ゆゑとてわれ治まらず

わが姪を鬱病奪ひ彼岸へと攫《さら》ひゆきたり後の悔しさ

残されし夫、母、妹それぞれの辛きを知るや鬱病悪魔

桜見の楽しき時期もあつけなく心閉ざされただただ合掌

鬱病を憎みて撲滅はかりたし姪が犠牲になりしを憎む

自らの病を解きし敬子いま彼岸に笑《ゑ》まふやそれのみ願ふ

亡夫《つま》あらば如何に嘆かん最愛の敬子の自死は身をさいなまん

亡き夫《つま》は「敬子可愛い」と微笑みし笑顔なつかしされど悲しき

東日本大震災、大津波ありて

平成二十三年三月十一日

夢のなか歌浮かび来ぬ地震《なゐ》のあと余震の恐怖描かむとす

大津波東日本に襲ひ来ぬ無数の死者と行方不明者

何ゆゑの天災なるや国難を救ひ給へと祈れど空し

日々映す原子炉破壊身に近く暮らしを乱す余震は猶も

日々続く地震恐ろし三陸の被害の人らのさらなる悲しみ

日々暗きニュースに身心疲れ果て体調すらも今は崩れぬ

荒れ狂ふ大波うづまき家、車奪ひ去りたる画面痛まし

家揺れて余震に目覚め起き出でぬ圧死の恐怖の続く夜な夜な

大広場避難の人らうづくまり身を寄せ合へりニュースの画面は

原発の再稼働いかに日の本の民を恐懼《きょうく》の渦に巻き込む

これ程の困難未曾有東北の津波悪魔の乱行の跡

地震ある予感が日々を狂はせぬ落ち着く間なし湯浴みの時も

節電も地震の余波と思ひをり日常狂はす無限の不安

「じ、じ、じ、じ」とベッドの下より押し上ぐる激しき余震今夜も続く

「確実に情報欲し」と叫ぶ人、放射能漏れはいつまで続く

「放射能汚染いつまで」と訴ふる老婆の涙身近に感ず

情報の一致せぬまま風評の流れて被災者職も失ふ

放射線浴びたる地より家も捨て移り来し人を避けむとするは

「恐ろし」と知らぬ女《め》の子がかじりつく路上に抱き寄せ地震に向き立つ

地とビルは揺れて傾く道に立ちひたすら縋る今は亡き夫に

激震にパソコン切つて飛び出だす「又も来たか」と、されど恐ろし

日ごと来る自然の猛威に馴れつつも恐怖にをののき如何にせんかと

パソコンが気になり家に戻りたり何を恐るとつらつら思ふ

電源を切らずに飛び出すあわて者　帰ればパソコン我を待ちゐる

わが病

甲状腺癌手術のため伊藤病院入院

平成十六年三月十五～二十一日

甲状腺病みて五十年《いそとせ》癌となる手術再び我は耐へたり

オペ台におのれ失ふ一瞬の後に呼ばるる事終りしと

口内はからから乾くも痰と唾我《あ》を苦しめぬ術後の時も

口のなか紙敷かれたる感覚に水気奪はれ呼吸《いき》ままならず

秒ごとに水含ませて宥めたる乾きに我はひと夜苦闘す

術後の夜完全看護といふ習ひ我には辛きオペより更に

乳癌と甲状腺癌を経験すこの二年《ふたとせ》をしみじみ想ふ

十余りの見舞ひの花籠より匂ふ花さまざまを楽しみし日々

テロ襲ふ日本名指すに肝冷やす病床の身に危機を覚ゆる

術後の夜、激痛、不眠の戦ひは眠る間もなしただ耐へるのみ

入院の送迎、病中、子の気遣ひ嬉しと思ふ独り身の我

退院しそのまま昼食麻布街舌鼓打つ中華の旨《うま》み

語らんとすれど声出ず見舞客焦るも醜し辛きひと時

オペの夜の烈しき痛み刻々と薄らぎゆきて声ちから得る

我の身に六度目のオペ最終と願ひて退院わが家に帰る

術後なる首の不自由気になれど難なき呼吸感謝してをり

手術《オペ》受くる身のつたなさを気にもせず過ぎしわが生《よ》をしみじみ想ふ

ドックの結果、肺癌の疑ひありと聴く
平成二十二年七月二十七日

二度あるは三度あるてふ習ひかや癌の疑ひわが身を襲ふ

肺にかげ聊《いささ》かなれど疑はし医師の言葉はわが胸を突く

脳ドック何の憂ひもなきものを肺に異変のあるを悲しむ

疑ひの晴るることのみ亡夫《つま》に祈《の》るうつし絵静かに我を見つむる

疑ひは否定したきと想ひつつなほ懸念する癌の存在

この三つやらねばならぬ大仕事癌の誘ひは立ち去れひたに

再びのＣＴ《シーティー》検査結果待つ心落ちつかず七、八月を

二度あるは三度あるてふ当らずて亡夫《つま》のご加護の篤きに深謝

脳出血病む　平成二十五年四月二日

身支度を整へ会に出る時に段差恐れぬ脚の乱れに

約束の会を断る言葉すらしどろになりぬ四月の夕べ

顧みて脚縺《もつ》るると言ひしまま母はあの世へ三月《みつき》の後に

ただならぬ身にをののけり土砂降りを医院へ急ぐ杖を頼りに

「体調は急変したり、救急車を」医師の言ふ声重く受け止む

豪雨なか四つ辻に立ち辛うじてタクシー止めて家路へ急ぐ

バイアスプリンよしと聞きしが災ひとなりて発症脳出血を

出血は「視床《ししやう》」てふ医師の声すらもおぼろげに聞く「手術不能」と

遅れなば即死となる厄逃れしを幸運なりと医師は告げたり

またしても九死に一生を得し我か万謝す亡夫《つま》と父母への加護に

順天堂へ急ぐ車に身を寄せて子に縋るとき意識薄らぐ

救急の患者の我を懇ろに人々誰もすばやき手当

病による、パソコン被害

手の揺れは後遺症なりコーヒーを被りしパソコンもはや動かず

卓上にパソコン置きしを反省す手より零れしコーヒーを見て

いく度か替へきて漸く身に馴れしパソコンあはれコーヒー被りて

小さくて携帯便利なパソコンの薄きピンクを愛用せしも

稿を書くためのパソコンわが命ただそれのみを楽しみに打つ

連載のためのパソコン月毎に打つ喜びの「与謝野研究」

わが粗相あつと言ふ間にコーヒーは覆ふパソコンピンクの面《おも》を

一切のデータ消ゆるを悔しみて叩きやるなりパソコンの面

データは移せると聞き抱きしむる再起不能のパソコン眺めて

稿急ぐために求めしパソコンの馴れにし日々よ今なつかしむ

B6のパソコン常に持ち歩き離すことなし愛児のやうに

生き返りたるパソコン

一ケ月乾燥終へたるパソコンは生き返りたり姿いとしも

諦めしパソコン昔そのままに生きてわが手のうちに帰り来《く》

災害を忘れしやうにパソコンは生き生き動く自由自在に

パソコンは指に呼びかけ来る如し忙しく動く昨日も今日も

長き日をコーヒー被りしパソコンは蘇り来て我を励ます

片腕と言へるパソコン再起して傍《かたへ》の卓に働くを見る

稿はいま脳《なづき》の中を駆け巡り湧きてくる文字書き止め難し

吾《あ》を忘れ稿読み直す夜な夜なは何時まで続く寝《い》ねがたきかな

原稿を見つめて兆《きざ》す感情はわびしさ苦しさ乏しさなるや

転倒す

東京駅の八重洲口にて　平成十二年三月

熱海より戻りし東京駅前に正月早々転倒したり

タクシーを拾はんとして八重洲口の電柱に転倒、思ひ切り打つ

大事には至らぬ事と安堵せり厚着が我を守りしかとも

転びたる我を助けむと走り来し何人なりや美しき女《ひと》

頭《づ》を打つと転ぶ一瞬人の手がわれを支へて抱き寄せんとす

ゆきずりに転びし我をいちはやく起き上がらせて労りの声

額打つ顔を隠してタクシーに身を滑らせて家路へ急ぐ

帰り来て見れば右膝腫れ上がり血の滲みたる強き転倒

顔打ちし翌朝あざは眼のあたり芝居のお岩のやうに思へり

眼の縁に広がる痣《あざ》は打撲後の血の分散と医師は告げたり

CT《シーティー》は事なき結果と安堵せり頭《あたま》打つ音耳に響くも

頭より転びたりしも両膝に大痣ありて痛みは日々に

苦しみし頭痛は去るも顔に痣浮かび来たるは転びし名残り

「巧みなる転がり方よ」と医師は言ふ地球の引力にままなる我か

「全集」を全うせんと決意せる信念なれば怪我など些事と

玄関の絨毯《じゅうたん》に躓きて転倒す　平成二十一年七月二十三日

転倒す我の額の大き瘤《こぶ》骨折もなく脳も無事なり

絨毯に躓きてあと転倒し玄関にどんとわが額打つ

左眼は真つ赤に腫れて塞がれて「お岩」思はすこれがわが顔

眼の周り真つ黒、真つ赤、紫と日々変りゆく醜き形相

痛き足引き摺り歩くその隙に思はぬ転倒再び来たる

一瞬の間もなきままに引き摺られ抗する手だて我は持ち得ず

朝ごとに鏡に映すわが顔の打撲の薄れゆくを楽しむ

再三の転倒なきを祈りつつ杖持ち身をば守りゐる日々

魔の手より逃れたる身に運あるを父母《ちちはは》、亡夫《つま》にひたすら感謝

運命のままに引かれて転倒すされど嬉しや力湧き出づ

引力に逆らはぬ我を打ちのめし痛みを与へ自省促す

地球上の小さき存在その我を神のいたづら額に大瘤《こぶ》

われ不意に地球の引力に思ひ切り叩きつけらるるされど強運

夜中に転倒す　令和元年六月五日

トイレ終へ立つ一瞬に躓きて裂けし額は血の海となる

流血は額一面広がりて止《とど》めを知らず痛み烈しく

大声に吾子を呼べども三階に届かず手許の携帯を押す

驚きて救急車をば吾子は呼び我を運べり午前一時に

車中にて問はるる言葉に辛うじて応ずるわが語絶え絶えにして

車内にて出血とまりほつとせり亡夫《つま》の恩恵こたびも救はる

真夜中の診察終へて家に着くほつとひと息傷痕《きづあと》ながむ

掛かり付け山王病院の脳検査、出血多量は脳救ひしと

さまざまな検査を受けて一泊す傷口の糸はやがてとれると

四日経て眼の縁むらさき濃く薄く漂ふやうに悲しつれなし

眼を囲む紫日に日に濃くなりて般若の面を想ふわが顔

七日目は紫うすらぎ我が顔はもとに返りてにこやかになる

令和二年二月十三日、夜明けの転倒

八ケ月後に再度の転倒一瞬の足のよろめきどんと頭《づ》を打つ

明け方の廊下に足を滑らせて転び思はず額を打ちぬ

それ程のことと思はず全集のことに勤しみ午後となりたり

全集の人らの奨めで山王の検査を受けぬ脳は無事なり

翌朝から手足の痛み眼の縁の黒ずみ現れ哀れなる顔

又しても足のよろめき襲ひきて転倒悲し老いのわが身に

老いの身に止めを刺すか転倒を恐れつつ又も脚はよろめく

大西民子姉を偲ぶ

歌碑祭に列す　平成二十八年五月七日

民子歌碑を初めて拝す五月雨のはげしき忌日盛岡へ行く

激しかるしぶきが肩を濡らしゆくテントの中に民子姉《し》偲ぶ

民子姉の御歌を読めば今もなほ優しきみ声聞こゆる如し

民子姉への熱き思ひに歌碑建てり郷里の人ら嬉しかるらん

民子姉を一途に慕ふ人々の努力は実り「波濤」二十余年

民子姉の優しき言葉の奥に秘むる心を探さん今より後も

晶子より民子の歌は難しと覚悟のもとに学びてゆかん

美しき調べ の奏づる歌ごころ民子姉ならでは詠ひ得ざりき

民子姉の死の七日まへ創刊の「波濤」は続く二十余年も

才のなき者には無縁の歌なれど解し得るまで学びて止まじ

民子姉の歌に秘めたる御心を覗きて見たし五月雨の夜に

民子姉のやさしき声の奥にある歌の深さをつらつら思ふ

ああ悲しせめて十年民子姉の「波濤」の指導を受けたかりしを

この世にて語り合ふこと少なきも今こそ学ばん心ゆくまで

夢の中なる民子姉　令和二年二月十日の夜

寝ねられぬままにいつしか夢のなか我にささやく民子姉《し》の声

懐かしさの余りに思はず涙せり我を振り向き笑顔のこして

忘られぬ優しきみ声われを呼ぶみ姿にふととり縋りたり

民子姉のみ姿夢かうつつかと思ひ乱れぬ眠りのさなか

夢のなか童女のやうに民子姉のみ姿追ひてふと目覚めたり

初めての夢の対面に感激す我を忘れて時を忘れて

四年《よとせ》前の民子歌碑祭参詣に謝し給ひてか夢に現る

民子姉の短歌教室憶ひ出す添削わづか優しき言葉

民子姉《あね》われをし夢に導きて「波濤愛せ」とのたまふ如し

やはらかく静かにのたまふみ言葉の一つ一つが脳裡に浮かぶ

夢のなか「波濤」の波に乗せられぬ民子姉《あね》とのえにし尊し

民子姉《し》のみ声うつくしく懐かしき今も身近に聞こゆるやうに

ああ悔し民子姉《し》さらひし霊界を恨む思ひの未だ残れる

「民子よ」と自ら名乗り微笑みし君のみ声のひたすら懐かし

裏千家の千玄室様との、たまさかの出会ひ

平成三十年五月三十日京都のホテルオークラにて

亡き夫の導きなるやホテルにて千玄室さまとたまさかに会ふ

亡き夫の戦友なりし玄室さま想ひ出話尽くることなし

裏千家家元なりし宗室さまいまは「玄室」と名乗りてをらる

亡き夫と深きゆかりの玄室さまに逢ひたき思ひ今朝果たされぬ

長身の直立姿勢の玄室さま歩み健やか九十七歳

わが学位、授与されしこと告げに来し亡夫《つま》を語りき弔辞の中に

茶の道に励みし夫の一生《ひとよ》こそ尊きものと思ふこのごろ

年四、五回茶会開くを生き甲斐とせし亡夫《つま》なりき茶道具揃へ

宗匠との親交深めし茶会には常に参りぬ二人揃ひて

茶の道に余念なかりしわが亡夫《つま》のよき晩年よ想ひ出さるる

美しき登三子夫人は逝きたれど生きてなほ在り我が歌の中

久々のことにて思はず手を取れば瞬くうちに伝はるみなさけ

奥嵯峨野の「鮎のつたや」の一室に玄室さまの御軸を仰ぐ

君あらぬ世に長らへて禁じ得ぬ涙に似たる星の群れかな

逝きませる夫より賜はる有り難き時間を常に研究に充つ

いろいろと詠む

歌作らんとして

歌ことばまさぐりゐつつ苛立ちてあたり見渡す哀れなる我

作らんと素材を探す歌世界追はんとすれば我より逃げゆく

なぜなぜに歌出で来ぬか焦るのみ遠のく言葉いづこ漂ふ

大空に乱るる雲は散りて果つわが想念も千々なり寒し

わが心のぞけば虚ろもろもろの歌の言葉のまとまらぬまま

旅ありて歌詠む心わく晶子あやかれぬわが旅のメモリー

「結び字」は「歌を大きく広げる」と晶子の声は今に残れる

もう一首もう一首へと辿りゆく心の底を巡りつつ詠む

研究と歌つくりをば比べ見る何れも厳しゆく道険し

歌つくるわが力《りき》乏し湧き出づる晶子の才をしみじみ羨《とも》しむ

眠ければ歌を詠まむとペン握る妄想うつつ駆け巡りくる

浮かび来るままに歌詠む楽しさは三昧の味、恍惚の境

パソコン

パソコン楽し

パソコンはなん時なりともわがために働きくれぬ指先いとし

何時にてもわがため動くパソコンと共にゐるとき何も忘れて

パソコンと指を動かす折しばし脳も笑むやう働きくれる

ひと眠りしては稿見る真夜中は一人天下のパソコン世界

今はただ稿書く日々を慈しみパソコン打つ音文字打つ音も

一切のインターネット、メールなど我に用なしパソコン楽し

パソコンを打つ音たのし湧きて来る思索の森へ入り来るやうに

パソコンに朝より執筆とき忘れその楽しさにペンはおろそか

パソコンの音と時計のハーモニーいつしか動く指先速し

八年経てパソコン消えたり
ちかちかとパソコン明かり画面見る若しや寿命かと懸念せし日々

ちかちかとせしもパソコン打つうちに灯は消えゆきて雲隠れのごと

未だよしと点滅するを敢て打つパソコン機能麻痺したるかと

ああパソコン八年われと共にあり日夜打ちたる稿の数々

ああ消えしパソコン我の分身と愛しく思ふ稿をめぐりて

八年も打ちし原稿いまはなし無念無念と叫べど戻らず

いく度も詠み返してはプリントす新たな稿の仕上がり嬉し

想ひ出を残すパソコン八年は心魂こめて稿打ちて来し

パソコンと共に過ごせる日々ゆきて今は真暗き画面と向き合ふ

助けよと呼べど帰らぬ稿なれど思ひは深し八年いろいろ

ほのかにも黒き画面にデータの残るを見つけし八木書店の人

データの未だ生きてゐるてふ声に薄き影見し黒き画面に

救はれし思ひにパソコン覗き見るデータ引き出しほつと息づく

朝歩き二千歩　平成二十三年ころ

健やかな身の幸せを朝風呂に謝するは二千歩あゆみたる後

朝まだき熱海の荘の温《ぬく》み背に吾子の沸せるコーヒーうまし

通り魔を恐れて止めし外歩き朝の屋内ひた歩みゐる

部屋ぬちを心勇みて巡るあさ歩数よみつつ汗滲み来る

二千歩の数よみつつも浮かびくる「晶子の世界」われを離れず

朝歩き日課となりて屋内の歩数いつしか二千歩となる

数へつつ屋内歩くその時も「評伝」忘れず論は閃く

高齢と競ふ如くに怠らぬ屋内歩行こころ励ます

朝々の歩行に精を尽くしをり漲る力に心ときめく

二千歩を歩めば汗は身を浸す朝風呂さはやか心満ちたり

独り身の自在に動ける悦びに今朝も廊下をずんずん歩く

朝ごとのテレビ体操元気づく身体《からだ》ほぐれて心落ち着く

信ずるものは

連日のパソコン文字と活字見るこのわが眼こそ神より賜はる

この世には信ずる者のありやなし日々守らるる暮らしに感謝

戦前は現人神《あらひとがみ》を信じたり国は破れて心解かるる

都なる一点占むる皇居あり恐れし昔が不意に顕ちくる

宗教の争ひ利権見苦しく神はいづこへ隠れ在《いま》すか

人間の心のうちに在す神に気付かぬ人らさまよふあはれ

今のわれ心に在す神こそは亡夫《つま》と信じて親しみてをり

脳病むと愚痴こぼす人脳を見よ脳は努力の賜物なりや

脳刻む一こま我に何問ふやそれは研究ひと筋の道

脳走りつぎつぎ湧き来る脳の文字年齢《とし》忘れしか今のわが身は

広がりて大きく見える夕日いま王者の如く雲を制する

「結び字」　歌の中に一語を詠み込む歌遊びで、明治三六年九月一二日から新詩社で催された「一夜百首会」の「結び字」のこと。このことを晶子は「内に眠つてゐる実感を感電させ」ると「意外な実感が湧く」と説明してゐる。

―「夢」―

「夢」のなか狂ふがごとし何者かわれ捕へんと迫り来たるは

寝《い》ぬるうち「夢」のみ広ごり休むなく浮遊したるもいづこへ辿る

「夢」のなか生き生き我は親族《うから》らと語らひ遊び、至福味はふ

寝《い》ぬる間を「夢」に遊びて身は疲れ夢の重さに落ちゆかむとす

寝《い》ぬる身は「夢」に満たされ時知らずしらしら醒めゆきうつつに戻る

夜ごと夜ごと「夢」かうつつか果て知らずこの身あるさへ彷徨《さまよ》ふばかり

「夢」のなか心満たされふくよかに生きゐる我に見入るのもわれ

奢れるは「夢」の遊びか思ひ切り羽ばたきみるも醒めて学びを

寝ねがたき「夢」さへ追へずただ中に我あることの不思議さ思ふ

「夢」たどるその果て何かあるやなし知らずに消ゆるその儚さよ

「夢」のなか亡夫《つま》現れて語らひぬその一瞬よ我には薔薇色

「夢」に逢ふその度ごとに縋らんと焦れど君は彼岸の人よ

―「呟き」―

頭《づ》の中の「呟き」何もの吾《あ》を急《せ》かす今は果たさん未完の書など

「呟き」は夜ごとに我を叩きたり成すことのため雑事戒しむ

余年あといくつと問はるる「呟き」に「分からないわ」と一人微笑む

六十余年継ぎ来し研究みのりあらむ内なる「呟き」労《ねぎら》ひ得たり

一歩一歩研究の灯を守りつつ支へて生くと「呟き」もらす

なに書かむ「呟く」声はおのづから寛晶子へ筆《ひっ》進み行く

いく重なる寛晶子の「呟き」は愛憎こもごも情は深し

「呟き」は心の奥にしのびきて刺激の言葉そとおきにけり

見つめ合ふ内なる「呟き」いづこへと何を求めむ与門ひと筋

「呟き」はあるとき歌にどこまでも筆《ひっ》はしり行く止めを知らず

励まされ時には強打す「呟き」と共にある日々あと如何ほどか

「呟き」を賜物としていくとせか我の胸処《むなど》に篝火《かがりび》ひとつ

「呟き」は声なき声のわが思ひ一つ願ひを目標《しるべ》となして

「呟き」は何とはなしに洩るるものされど心の励みともなる

ふと洩らす「呟き」なれど心奥のまことの姿と独り愛《いと》しむ

叫びたき内なる「呟き」もう一人のわれが宥《なだ》むる労《ねぎら》ふやうに

―「てふ」―

「てふ」と言ふ言葉の遊び綴りゆく書き止めつつも心は躍る

つまらなきことにもえにしあり「てふ」と思ひ当りてふとほくそ笑む

孝行「てふ」言葉は死語か子が親を危《あや》めてしまふと今日の朝刊

「てふ」といふ言葉のあやに魅せられて湧き出づるまま歌を楽しむ

ひとり身は自由「てふ」こと与へられわが目的へひたに走れる

偽証とか幼児殺害「てふ」ことの頻りなる世の背後を憂ふ

なし難きわが身「てふ」なりこのままに素直に生きて日々を楽しむ

放たれし身「てふ」自由に羽ばたきて鉄幹晶子をひと筋に来し

楽し「てふ」こともいつしか悲しみへ流転回転動転の世へ

「てふ」といふ言葉遊びに捉はれて詠み出づるまま本音見えたり

「コロッケ」は物真似うまし笑ふ「てふ」言葉のうちに藝の魂

成すべきを成す「てふ」道を辿りつつたたら踏みたる途《と》にも耐へたり

つれづれなるままに　平成二十四年二月

知識欲泉の如く湧きてくる空しく思ふ才の乏しさ

音なくも心の音を求め行く聞こえぬままになほ探しゐる

真夜中に心の扉そとのぞく静もる机上に何いでくるや

智を求めいとまなきまま進みゆく日々の歩みをふと顧みる

朝風呂を好みし亡夫《つま》の身の温み涙の温み我を巡れる

人の世に再び生《あ》れて書きたきを今は諦め稿に見入りぬ

独り寝のただに寂しき今日もまた亡夫《つま》の夢見てふと起き上がる

とりどりの若葉の色合ひ四方《よも》に見てハイウェイ行く母子の車

子の素振り生き写しなりその父にタイムスリップしてゐるやうな

草木にも生存競争ありやなし伸ぶる自在に山々隠《かく》る

雲分けて行く先々に何ありやうつつか悲哀かはた幻想か

飛ぶ鳥よ落ちなば落ちよ今の世の悪の枢軸、善の導き

医師の声年相応なりと告げられて身のひき締まる瞬時の思ひ

よき食と運動適宜に希望もつ仕事ある我老いてはゆけぬ

うす霧に血の滴りを思はする紅葉ひらひら散り来る夕べ

声きけど黙して浸る研鑽のありつるままになすがよきこと

喜びと悲しみさまざま過ぎたるに夢の遊びは歳経し今も

咎むべき人なき居間にパソコンもコピーも活き活き今わが伴侶

原稿を打つ手の早きパソコンを操る楽しさ明日を忘れて

悲しくて止むにやまれず言問ひぬ心とは何われは何者

ふと顧みて

理に合はぬことなれどわれ辞職せむ『みだれ髪』講義終へざるままに

受講生千人越ゆと妬まれて辞職余儀なくされたる今日は

「妬み」とは愚かしくまたつまらなし講師一人をあつけなく斬る

採点もこれが最後か堆《うづたか》き答案八キロ卓上に置く

学究を心の糧として生きんなほも険しき道見つめつつ

陰謀や妬みの渦に巻かれ辞す悔しさ言はず胸に秘め置く

ゼミ生たちと白桜忌に多磨霊園へ

ゼミ生ら伴ひてゆく多磨霊園白桜忌なる我のならひに

草を抜き水清めせしおん墓に与謝野研究者われは額づく

墓石の文字消えがてに汚れたり墓なる二人泣きをらむかと

墓所掃きて花を供ふるゼミ生らとわれ見給ふや白桜忌の晶子

晶子慕ひ十七人のゼミ生らと御墓の歌に心清まる

水切れの紅きガーベラ俯きて晶子のみ墓に供へられたり

「白桜忌」われに懐かし年ごとの晶子の行事と崇め来たりし

軽井沢

今の軽井沢　平成十五年八月ごろ

軽井沢アウトレットに領せられ山水明媚の薄らぎ悲し

原宿と変はらぬ賑はひとりどりに旧軽井沢の面影はなし

駅はさみ南はブランド店は群れ北は疎らの旧軽の今

ツアー客プリンスホテルに大き顔かつての雰囲気知るや知らずや

じつくりと避暑を楽しむ客よりもバスツアーにてアウトレットへ

新幹線妙義の絶景殺したる罪の深きを知るや政治家

長野なる新幹線は自然破壊誰の罪かと行政恨む

避暑よりもブランド安きを求め来るツアー客らの日帰りコース

旧軽の大邸宅は閉ぢしまま若きら無礼、旧道歩く

旧軽の林を抜けてドライブは樹の香すがしく人かげ少なし

三日月の冴ゆる夜空に星多き亡夫《つま》なき山荘独り佇む

吸ふ息の冷たきままに入り来たるわが身活き活き軽井沢の朝

山風に樹木ざわめき葉は躍る蜻蛉《あきつ》吹かれて止まる場もなし

白樺の幹うづもらせ悠々と雑木はびこる山荘の庭

暴風予報は外れて

暴風の前の静けさ山隠す灰色の雲ひろがる信濃

昼すぎに台風くるてふ情報を恐ろしと聞く千ケ滝山荘

灰色の空は動きて樹々は揺れ予報通りの午後になりたり
台風を待つがにときめく大揺れのあまたの樹々の騒《ざわ》めきの中
漸くに雨風止みて山々に白雲光る夕べとなりぬ

台風の来襲恐るる独り身は今宵来る子をひたすら待ちぬ

連山を覆ひし雲は色変へて静かに消えゆく夕べの信濃

空は晴れ青き山々際立ちて黄雲ゆるゆる横へ流るる

雨晴れて空覆ふ雲いく重にも彩なし横たふ信濃の夕べ

聊かの歪みを見せる月の顔うす墨広がる夜空の中に

荒れ狂ふ台風一過澄む夜ぞら月は王者となりて輝く

大風に洗はれし空いま月は煌々として星かげ薄し

満月は雲に追はれていつしかに空を領して中天にあり

雲切れて今宵の月は微笑みを見するが如く光り輝く

軽井沢山荘手放す最後の一夜　平成十八年九月三十日

毎夏を亡夫《つま》と過ごせし軽井沢閉じる今宵は想ひ出溢るる

幾重にも曲がり曲がれる段下《きだくだ》り亡きはずの夫添ひ来る気配

ゴルフ具を勇みて担ぎ段下《きだ》りし亡夫《つま》の姿はわが身を離れず

軽井沢亡夫《つま》はゴルフをわれ執筆おもひこもごも想ひ出深し

山荘の終の一夜を書き明かすわが業今や誇りとなさむ

緑なす山の点なるわが姿浄土の君よ確かめ来ませ

余りにも亡夫《つま》との想ひ出深かりし山荘手放す今宵の涙

山荘はゴルフ仲間の溜まり場と亡夫《つま》の笑顔も遠くなりゆく

三十年《みそとせ》まへ亡夫《つま》には言はず求めたる山荘なりき思へば懐かし

内緒ごとと怒りし亡夫《つま》は山荘をゴルフに使ふは頻繁なりし

山荘の一木一草わがものと愛し眺めて楽しみし日々

遥かなる日本アルプス右手には浅間くつきり秋の山荘

満開の山あぢさゐは今年きり存分咲けよと花を撫でゐる

猪は地を掘り返し蚯蚓《みみず》とる庭を荒らすは凄まじきもの

山荘の森林浴を身に浴びて自然の恵みに謝する思ひは

夕霧の流るる峰にひともとの細き松あり危ふげに見ゆ

夕立の後の太陽さんさんと照れば多彩の雲湧き上がる

熱海

自然郷

坂道は九十九《つづら》折《をり》なる自然郷山荘近し心はやれど

眼の廻るほどのスピード坂道を吾子の運転あな恐ろしと

暗闇の山道くるくるドライブを信頼せしもただにをののく

若葉ども微笑むやうに群がりて我を迎ふる熱海山荘

濃き薄き若葉それぞれ競ひゐて樹々そよぎ合ひ陽に照り映ゆる

揺れ揺れる梢の葉ども庇ひ合ふ風に負けじと一心不乱に

強き風たかき梢を掻き立てて低き若葉を柔らかに撫づ

ふと見れば窓辺に若葉なびき寄る親しみ覚え手にとりて見る

海と山見下ろす熱海の自然郷木々の若やぎそよ風さはやか

海あなた大島見ゆるは晴れの日に限るは自然の成り行きなりや

わだつみを押し上げ出づる朝の日は波間に焔まき散らしゆく

大観荘から見る大花火

花火待つ大観荘の桟敷席つまむ寿司などどれも味よし

ちかちかと閃火の上がる熱海の夜微雨に濡れつつホテルの屋上

湧き上がる火花は徐々に広がりて夜空に消えゆき煙を残す

わが方へ花火の迫り来る如く彩り見せて華やかに散る

海のうへ火花散らして上りゆく赤、青、黄などさまざま煙火

自らの煙に花火包まれて弾きくる音のみわが身を打ちぬ

やや雨の降りきて人ら騒ぎ立つも幼子無心すやすやと寝る

柳葉の垂るるが如くしづしづと火花の明滅夜空を占むる

雨嵩《かさ》の激しくなりても衰へを見せぬ花火は次々ひらく

タオルかけ全身濡れつつ桟敷にて海上高き大花火見る

雨激し見ること叶はず無念さを残して去りぬ屋上の席

どんと鳴る花火の音を耳にして濡れし階段吾子の手をとる

廊下にて松枝の間より見る花火割るる砕ける吹き上ぐるさま

小さきが上りつめての大花火消えゆく一瞬王者となりて

流れゆくナイヤガラの滝おもはせて今年の花火終焉近づく

打ち上げの大いなる花火輝きて熱海の夜空を配するやうに

夕日さす山は濃淡際立ちぬ静かに暮れゆく熱海の海辺

あとがき

大西民子主宰「波濤」創刊一年後に第一歌集『わが夢の華』（平6・10）、その八年後の平成十四年十月に第二歌集『明星銀河』と第三歌集『明星逍遥』刊行、その八年後の二十二年四月には第四歌集『明星游子』を刊行している。その後十年経た令和二年の今年になって、この第五歌集『明星探求』を刊行することにした。

この歌集は「与謝野研究」回想の歌から始まり、第二歌集『明星銀河』にある「書簡探し―全国めぐり」とも関連している。これに関わる歌を詠んでいるが、風間書房刊行の『与謝野寛晶子の書簡をめぐる考察』（平26・8・15刊）も書簡、評伝、全集についての考察が内容になっている。それらを「研究への道」と題して本歌集の第一に詠んでいる。

これら三つの研究課程でもっとも懸念されるのは平成十三年から着手していた『鉄幹晶子全集』についてである。二十年かけてきたこの「全集」が、「拾遺篇」以後の出版不況のためか、昨年の秋、拾遺篇の「散文」の書誌作成の途上にあったが、突然、出版元の勉誠出版から拾遺の「散文」を削除して「年譜」「書誌」を作成して完結、と決定したとの報告があり、そのあたりの辛い心情について困惑している状況をいろいろと詠んでいる。いま新型コロナウイルス蔓延のため図書館への出入りも自由でなく、「書誌」の作業が遅れ「全集」未完刊行もその儘になっている現状である。そんな苛立ちも詠んでいる。また資料を預けたままの勉誠出版への足止めもあって「全集」刊行は益々遅れる見込みが深刻になっている。

歌集のカバーには毎回自分の絵を入れているが、このたびの新歌集では、今までに描きためた絵をいくつか巻末に掲載することにした。慣れ親しんだ熱海の光景、懐かしい軽井沢など、本集に関連ある場所であり、また身近な人形たちや思い出のある作品を選んでみた。絵を描くことは、研究生活の合間のささやかな息抜きでもある。いつの間にか数もふえ、最高齢のわが身にとっては、この先、これだけの絵を描く体力も時間もあるかどうか、という思いから披露させて頂いた。

令和二年七月

逸見久美

著者略歴

逸見　久美（いつみ　くみ）

1926年７月12日兵庫県芦屋出身。
早稲田大学文学部国文科卒業（1950年）、同大学院修了（1953年）
実践女子大学日本文学研究科博士課程修了（1972年）
1975年３月『評伝与謝野鉄幹晶子』により文学博士号の学位取得（1977年）
女子聖学院短期大学教授、徳島文理大学教授、聖徳大学教授を歴任

【著書】
『評伝与謝野鉄幹晶子』（1975年、八木書店）・『新版 評伝与謝野寛晶子』（明治篇2007年、大正篇2009年、昭和篇2012年、八木書店）
晶子歌集―『みだれ髪全釈』（1978年、桜楓社）・『小扇全釈』（1988年、八木書店）・『夢之華全釈』（1994年、八木書店）・『新みだれ髪全釈』（1996年、八木書店）・『舞姫全釈』（1999年、短歌新聞社）・『恋衣全釈』（2008年、風間書房）・『与謝野寛晶子の書簡をめぐる考察』（2016年、風間書房）
寛歌集―『紫全釈』〔鉄幹〕（1985年、八木書店）・『鴉と雨抄評釈』〔寛〕（1992年、明治書院）・『鴉と雨全釈』〔寛〕（2000年、短歌新聞社）

【歌集】
『わが夢の華』（1994年、短歌研究社）・『明星逍遥』（波濤双書）（2002年、ながらみ書房）・『明星銀河』（波濤双書）（2002年、ながらみ書房）・『明星游子』（波濤双書）（2010年、ながらみ書房）

【編纂】
『翁久允全集』全10巻（1974年、翁久允全集刊行会）・『与謝野晶子全集』全20巻（1981年、講談社）・『天眠文庫蔵与謝野寛晶子書簡集』（植田安也子共編、1983年、八木書店）・『与謝野晶子「みだれ髪」作品論集成』全３巻（1997年、大空社）・『与謝野寛晶子書簡集成』全４巻（2001～３年、八木書店）・『鉄幹晶子全集』全40巻（勉誠出版、2001年より刊行中）・『青林忌（逸見俊吾三周忌を迎えて）』（2004年、青林書院）・『青林書院（青林書院とともに）』（2014年、青林書院）

【随想】
『わが父翁久允』（1978年、オリジン出版センター）・『女ひと筋の道』（1981年、オリジン出版センター）・『翁久允と移民社会』（2002年、勉誠出版）・『回想　与謝野寛晶子研究』（2006年、勉誠出版）・『資料　翁久允と移民社会⑴移植樹』（2007年、大空社）・『夢二と久允―二人の渡米とその明暗』（2016年、風間書房）・『想い出すままに―与謝野鉄幹・晶子研究にかけた人生』（2019年、紅書房）

住所　〒113-0024　東京都文京区西片１－３－17

歌集　明星探求　奥附

著者　逸見久美＊発行日　二〇二〇年十月二十八日　初版
発行者　菊池洋子＊印刷所　明和印刷＊製本所　新里製本
発行所　〒一七〇-〇〇一三　東京都豊島区東池袋五-五二-四-三〇三
紅（べに）書房　info@beni-shobo.com　http://beni-shobo.com
電　話　〇三（三九八三）三八四八
ＦＡＸ　〇三（三九八三）五〇〇四
振　替　〇〇一二〇-三-三五九八五
落丁・乱丁はお取換します

ISBN978-4-89381-339-8
Printed in Japan, 2020

熱　海

海あなた
大島見ゆるは
晴れの日に
限るは自然の
成り行きなりや

久美

軽井沢

連山を
覆ひし雲は
色変へて
静かに消えゆく
夕べの信濃

久美

人形図

人形図

木彫の女性像